纸上还乡

郭金牛诗集

华东师范大学出版社

华东师范大学出版社六点分社 **策划**

目录

序:乡关何处(杨炼) / 1

一　在外省干活 / 1
二　想起一段旧木 / 2
三　打工日记 / 3
四　离乡地理 / 5
五　662大巴车 / 6
六　纸上还乡 / 7
七　十亩小工厂 / 9
八　第十二个月份的外省 / 10
九　重金属 / 11
十　罗租村往事 / 13
十一　夜雨各有各的下法和忧愁 / 18
十二　一个湖北人的快乐和忧伤 / 20
十三　写诗的骗子,是我 / 23
十四　那里 / 26
十五　一张晚照 / 28
十六　左家兵还乡记 / 30
十七　木匠小郭的悲观主义 / 36
十八　木工部的性叙事 / 37
十九　灿烂的小妓女,徐美丽 / 39
二十　秋天的加法,春天的减法 / 40
二十一　春天,六点钟的疼爱 / 42
二十二　斑竹上的泪滴,都不是我们留下的 / 45
二十三　致艾斯特·娜奥米·皮卡 / 48
二十四　许·宝安区 / 50

二十五　许·镜中 / 52
二十六　许·白苹洲 / 54
二十七　许·白纻裙 / 56
二十八　许·丝绸·白瓷 / 58
二十九　春天的四克拉雨水 / 60
三十　下半夜,我不关心 / 61
三十一　第七盏路灯 / 62
三十二　一九九九年 / 63
三十三　梦幻边疆 / 64
三十四　双十的花忆 / 66
三十五　嫌疑人 / 68
三十六　格式化 / 70
三十七　萍,我叙述一下光阴 / 72
三十八　庞大的单数 / 74
三十九　夜游图 / 75
四十　夜放图 / 76
四十一　夜泣图 / 77
四十二　深圳,我喊你(一) / 78
四十三　深圳,我喊你(二) / 79
四十四　一件小事 / 80
四十五　我喜欢国破 / 81
四十六　赵氏 / 83
四十七　孤单的天鹅 / 86
四十八　妖 / 89
四十九　请勿翻动第五十三页 / 92

后记　 / 95

乡关何处(序)

杨　炼

当代中国现实的诡谲诗意,时时凝聚在造词上。例如,"农民工"。这个词,在中国谁不耳熟能详? 可当我在国外说起,老外们却一脸茫然:什么是农民工? 细想想,这个词确实造得突兀:农民和工人,一乡村一城市,本来隔行如隔山,现在就那么直接"堆"(duī)在了一起,它是什么意思? 既农又工? 半农半工? 时农时工? 农、工之间,全无语法关联。我猜,这让老外们的想象,变得颇为浪漫:田野中,人们身着工作服,背后是绿树、远山、地平线。嘿,说白了,就像一张"广阔天地,大有作为"的"文革"宣传画。

"农民工"的造词者,虽然语法观念淡薄,却显然直觉敏锐。这个词,如此简洁而直接地,一把抓住了中国过去三十多年的变迁。"农民"——"工",一个词,一部浓缩的历史。它包含了凋敝在身后的乡村,冷硬陌生的城市,低廉得令人咋舌的工资,千万颗盲目茫然流亡的内心。对亲历者,甚至"历史"一词都太轻飘飘了,它必须换成血泪、生死、沧桑,才能接近于传达那内涵。一种延续数千年的生存方式,在短短几十年里,被彻底抹去。一个渗透过无数代人的文化,在一代人眼前,猝然烟消云散。整个过去被一刀切下,埋进水泥地面和林立的楼群深处。只有一双留着记忆的内心眼睛,能看见那"昨天"。每个人,正如这片土地,只能生吞活剥地咽下这变化。让一切口腔来不及品味的,交给身体、内脏去品味。由是,沧桑的深度,正在一个人之内、一生之内。我画在"农民"和"工"之间那个破折号,是一条地平线、生死线,虚虚细细悬起,倒挂着无数无家可归的鬼魂。

郭金牛就是这鬼魂之一。他使用网名"冲动的钻石",直到获得北京文艺网国际华文诗歌奖第一部诗集奖。网名几乎等于匿名,这反而更好。我们看不见诗人时,却真正看见了诗——"某位"农民工的诗。他的声音,因此袅袅飘出当代中国无名者、无声者的茫茫人海,使"他们"发出了声音。《庞大的单数》,诗题就有一幅图像,或甚至一部纪录片的片头。昏暗(出工前或下工后?)中黑压压的人群,每个有个人形,却模模糊糊辨认不出面孔,就那么无边无际地站着(或活着)。那么多单数,无边无际时,只剩下一个总数。一种无意义的重量,压在被抽空了的个体上,不仅形成巨大的反差,干脆轻轻把他们抹去。和这种越庞大越不在的处境比,是否连存在的痛苦,也像一种奢侈了?再看诗:

> 一个人穿过一个省,一个省,又一个省
> 一个人上了一列火车,一辆大巴,又上了一辆黑中巴
> 下一站

这么多"一",速写白描般让我们看见了那"一个"农民工的经历:离开故乡,北漂或南漂,从火车换大巴换中巴,惶惑的眼里,只有一个个"下一站",可那意味着什么?希望?幻灭?闯出的天下?虚掷的青春?或什么都不是,仅仅一张警告你不该存在的"暂住证"?

> 祖国,给我办了一张暂住证
> 祖国,接纳我缴交的暂住费

诗句如此简捷,一个"祖国",已把那无数"我"只能暂住、还得为此缴费的酸甜苦辣写透了。"我"该感激这张暂住证,也感激能被接纳缴交暂住费吗?暂住在哪?这城市?这国度?这生命?诗没有说,不必说。你读下去,就知道结论了:

> 哎呀。那是突击清查暂住证。
> 北方的李妹,一个人站在南方睡衣不整

北方的李妹,抱着一朵破碎的菊花
北方的李妹,挂在一棵榕树下
轻轻地。仿佛,骨肉无斤两。

是的,"我"应当庆幸,和李妹比,还能暂时住下,不必被逼上吊。暂住意味着可能打工,无论工资多微薄,那意味着可能还上亲友们攒凑的"盘缠",不辜负他们眼巴巴的盼望。诗里说了:"车票尽头/二叔,幺舅,李妹,红兵哥和春枝/眼里/落下许多风沙。/薄命的人呀,走在纸上"。"纸"在这儿是什么意思?寄回家的信纸?还是活人为鬼魂烧的冥纸?又或是接住所有亡灵的一首诗?"命如纸薄"是中国古话,但在这里,被二十一世纪狠狠翻新了。那个"李妹",最普通的姓氏,甚至没有自己的名字,却如一根针,刺进"庞大的单数"们最疼处——比贫穷可怕得多,是命运。一种沦落到底的耻辱,借一张薄薄的暂住证,就能压碎一个生命。

我曾多次强调,当代中文诗必须写出深度。因为我们直接生存在深刻的现实中,写不深等于没写。这也解释了,为什么当代中文诗忽悠了世界几十年,天文数字的诗作量中,力作佳作却屈指可数?又一个令人瞠目的反差!说到底,病根很简单:诗人欠缺真经验,诗作欠缺真语言。真经验来自真人生。诗人活得是否到位,端看是否能剖开生存、说出独特敏悟的东西。无数诗作先天是死胎,因为一读便知,那里致命的毛病是空洞。所谓诗意,只在照抄套话,那这首诗压根白写了。要记住的是,诗歌绝非自今日始。每个题材,很可能早被千百位诗人写过,且写得更好,那要自问的就是,我这首诗意义何在?我是否真有话说?是否说出了哪怕一丁点儿更深而新的东西?就是说,真经验只关乎诗思对人生的发现。发现的程度就是经验的深度。郭金牛用《庞大的单数》,给了我们一个启示:诗,可以无比具体,让你闻到"二叔,幺舅,李妹,红兵哥和春枝"们身上的土腥味,同时极为抽象、甚至形而上。这让我想到我用过的两个命题,一曰"重合的孤独",一个个孤独,又重合得认不出自己,才够绝对了;二曰"无人称",明明"有人",却无力无法指认出那人,一种活生生的被抹煞、被忽略,比简单的无人更惨痛——以此透视存在,我们谁不是农民工?

真语言也与此异曲同工。这里的"真",相对于肤浅装饰性的"假"。我在国外,常被人问到:你们的意象,和西方的超现实主义,怎么区别?我听得懂那潜台词,当代中文诗,也无非在追随西方早玩过的形式游戏,把别人的老路重走一遍。但也不得不说,我们有不少诗作,该被如此挖苦。那些意象花招,初看令人眼花缭乱,细看词汇都空空搁着,再换也无妨那个"效果",直到看透早有论者指出的症结:"晦涩得太简单。"这里,死的不是技巧,而是诗本身。一架噪音机器,本来就空有其表。而真语言,是诗歌技巧和深层现实的合一。诗不描述现实,而是打开它,让我们看见一个原本隐藏着的世界,一种我们没发现的深层自我。由是,只谈技巧、风格,离诗还远。一位大诗人的一生,是不停从内向外翻出语言、重建自身的历程。因此,我对那提问的回答是:对不起,请细品,这是玩玩技巧的"超现实"吗?抑或非如此写不能揭示的"深现实"?

郭金牛的农民工经历,很容易让他靠题材讨巧。仅仅"底层"一词,已经有了足够卖点。但什么是"底层"?谁代表"底层"?我注意到,郭金牛对此颇为警觉。对于他,"底层"不是商标,而是思想。谁能钻透自身的处境,触及存在之根,谁就能构建一个"底层"。所以,不是职业,而是生命,让我们每个人都在底层。能否意识到这个底层,写出这个底层,且写出它的深与广,则端看一个人的能力。在诗集《纸上还乡》中,很多"逼近"的白描,让我们认出郭金牛辛酸的自传。这当然精彩。但更难的,他还能"拓展"那经验,以笔力超出一般描写农民工的套话,赋予他(他们)一个深刻包容的世界。我注意到这首奇妙的《罗租村往事》,开头直接写实:

> 罗租村,工业逼走了水稻,青蛙,鸟

没错,我们都认得出这村子。但接着,不同的声音来了:

> 李小河咳出黑血
> 周水稻失去双亲
> 赵白云患有肺病
> 陈胜,飞快地装配电子板;吴广,焦虑地操作打桩机

"罗租村"有多大?"往事"要"往溯"至何处?郭金牛一发不可收拾:

> 唐,一枝牡丹,过了北宋,过了秦川
> 她,一身贵气
> 又过了秦时月,汉时天,至少过了八百里
> 南宋
> 以南

怎么,郭金牛要加入过气的"寻根"派?且慢,看啊:

> 经罗租村。
> 经街道,经卡点,经迷彩服。
> 经查暂住证。
> 经捉人
>
> 我在杜甫的诗中,逾墙走了

好一个"经"字!经历的经?经过的经?经常的经?或干脆,《诗经》的经?渺远的和贴近的,抽象的和切实的,典籍的和活生生的,千古传诵的和当下呻吟的——命运,已"经"凝在一

起,如血泊,如噩梦。

这只是此诗开端,后面,我们还读到"夏。古典的小木匠……;明。六扇门的捕快(穿迷彩服的?)……;隋 一路哭着去樟木头收容所……;晋哥哥/他打铁,弹《广陵散》……;清。/努尔哈赤的小格格,爱新觉罗的小妹妹/小童工",他们在哪?比成吉思汗帝国还辽阔的罗租村在哪?地址,简单无比:

中国制造

再多的朝代又怎么样?对农民工们,这世界不是太熟悉了吗?所有这些苦楚,不是千百年来,一直被倾诉吗?我们似乎只呈现为那些嘴巴,一开一合,被同一首哀歌咀嚼着——嚼烂了:

一部《诗经》,忧虑一只硕鼠

是的,还得回到《诗经》这个原点。那每吮过一个人,就能把他(她)吸干成"妖"的歌声。这部诗集里,有太多这样的"妖",他们"随意"进出,不惊动别人,甚至不惊动自己,因为他们除了"无人称"什么都不是:

投水时,随意,哭了一下
祖国没有在意、六个受伤的神没有在意。

——《妖》

我说,《纸上还乡》好在真经验和真语言。其结果,就是拒绝简单化——把一个"深现实",简化为低级的标语口号,最终既毁了对生存的理解,也毁了诗自身。郭金牛当然诉苦,且诉得痛彻心肺。但同时,他写出的"底层",却绝不卑贱乞怜,相反,从这些诗中,我们读出了高贵,精彩,讲究——美!独绝的诗思、轻灵的节奏、艳冶的字句,甚至匠心独运的标点,在在把坠入深渊,点化成一条超越之途。这漆黑是发光的！这些诗,是重和轻的绝妙组合。"重"得恐怖:每个日子、整个现实、历史之苍茫、文化之残破,到处走投无路;又"轻"得撩人:选字行文,珠圆玉润,风格形式,神采飞扬。"重"、"轻"互补,就是一条自我拯救之途。对从二十世纪暴风雨群钻过来的中国人,除此一途哪有他途？当我给《纸上还乡》写授奖辞,以"举重若轻,似轻愈重"谈郭氏轻功时,还以为这是他多年修炼而成。后来才知道,他小五十岁,打工二十余载,"诗龄"却只有几年。如此凌波直悟写作秘诀,不能不称为一个小奇迹！什么是中国文化的创造性转型？复杂吗？难吗？失望吗？没必要吧？请看郭金牛的启示。中国农民工,藏龙卧虎呀！

《纸上还乡》的核心,在"乡"字上。"一块水泥加一块水泥"(《罗租村往事》)的大地上,我们还有"乡"么？倘若连"乡"本身也无家可归,我们还得了"乡"么？还不了,何处去？我得承认,《纸上还乡》如此似曾相识,郭金牛的广东之漂、农民工们的中国之漂,和我自己的环球漂泊,处境何其贯通！他《夜放图》中的女鬼,说着我的《鬼话》①:"每天都是尽头,而尽头本身又是无尽的"。我们得记住,他写的那些鬼魂,是在一个叫做"全球化"的迷宫中,摸索自己的还乡之路。他用《纸上还乡》一诗写过的富士康工厂里,当代"小格格"们,站在流水线上,手中每天掠过千万块电子板。她们是否也用 iPhone？是否知道她们给 iPhone 在全球创造了怎样的利润？那些天文数字,不会令她们迷路吗？不会令我们迷路吗？这些内蕴的提问,令这部诗集的思想意义,远超出今日中国,而标志了当代世界的困境:当人类只剩下金钱这唯一的意识形态,自私这唯一的人生哲学,玩世这唯一的处世态度,我们都在徘徊,既流离失所,更走投无路！

"日暮乡关何处是,烟波江上使人愁",崔颢这两行乡愁丽句,遥隔一千多年,托举起郭金牛《纸上还乡》的意境。但,时间

---

① 《鬼话》,本人散文集的标题。

两边,孰先孰后？我觉得,没有先后。同一种诗意中,他们内含着彼此,从对方领悟了自己。回不去故乡时,郭金牛,带着他摔碎了的伙伴,那"飞呀飞。鸟的动作,不可模仿",却被地球迎面撞上的少年,和无数轮回的"在这栋楼的701/占过一个床位/吃过东莞米粉"的人生,回来了——

唯有诗。

2014年2月18日,柏林

一　在外省干活

在外省干活,得把乡音改成
湖北普通话。
多数时,别人说,我沉默,只需使出吃奶的力气

四月七日,我手拎一瓶白酒
模仿失恋的小李探花,
在罗湖区打喷嚏、咳嗽、发烧。
飞沫传染了表哥。他舍不得花钱打针、吃药
学李白,举头,望一望明月。

低头,想起汪家坳。

这是我们的江湖,一间工棚,犹似瘦西篱
住着七个省。
七八种方言:石头,剪刀,布。
七八瓶白酒:38°,43°,54°。
七八斤乡愁:东倒西歪。每张脸,养育蚊子
七八只。

岁末,大寒。表哥
淋着广东省的雨
将伤风扩大到深南东路、解放路与宝安南路。
地王大厦码到了69层
383米高。

二　想起一段旧木

我不在工地上,就在工棚里。
下雨。
稍息。
一名木工,男,30岁。正抚摸一段旧木,不像柳永
落寞时
就抚摸
红楼或青楼的阑干

第三层楼的妞最漂亮。许多年前
我最想娶她。
曾执手。曾泪眼。曾一副欲语未语的样子。
《雨霖铃》中。
我追她到宋代
打电话给柳七

七哥,七哥,
每逢梅雨至,
木工的手,便摸到宋词的某个部位,旧情
很难制止。

青梅。竹马。这样的一段旧木,身怀暗香
无论花多少年
她,从不生枝,散叶,
开花。

三　打工日记

工地上的气温,比我体温略高3℃
皮肤内的河水,带着盐花,开始
叛逃
燃烧。

焱。
部首:火　部外笔画:8　总笔画:12。三只火
堆在一起
我们需要靠一群群汗水
浇灭。

汗是含盐的。
雨是凉薄的。
明天,阳光灿烂,我不愿意。
明天,晴空万里,我不喜欢。
明天,气温高过今日。

一群热锅里的蚂蚁还在搬运。钢筋。水泥。阳光。
其中两只,必须挺住。
挺住意味着:堂兄的父亲,我的伯父
癌细胞就扩散得慢一些。
以我们的快换它的慢

也以我们的快,加速城市的快
突然,脚手架,一个人
自

自
落
体
重力加速度
9.8米/秒²。

四 离乡地理

少年,要拿下一朵高远的云,白色的
棉花,盖着冬小麦。
时间剩下了一把干柴。母亲耗尽了井水。
少年长得高过了米,推开南山上的十亩芝麻地。

前程,在车票上,产生。
白云,在蓝天上,生长。棉花无人摘下。
少年。不安。比走动的火车,快上一步。
少年。沉默。睡着的语言。心中的一块石头。向前滚动。
少年。记住了母亲的格言,井水,和深埋的
隐忧

他迟迟不敢坐上一枚邮票回家
一写信:
662 大巴车,就在宝石公路将他撞伤
大光明电子厂,就欠他的薪水
南镇,就要他
坐牢

五　662大巴车

662大巴车662次乘坐
662大巴车不是起点也不终点
它经过罗租工业区,石岩镇,和高尔夫球场
就像我经过小学初中和大学

罗租工业区正在招工。
站台上,一个离乡少年
被662大巴车撞倒,塑料桶滚出老远
天,突然黑下来。金子,撒了一地,无人来捡。

662大巴车没有受伤
662大巴车没有装载水稻
662大巴车也没运载高粱
662大巴车丢下了十几人,开走了

我好像一个受伤的穷人,刚刚苏醒,真叫人心烦

我不确定,月亮
是在肺病上撒下一层霜。
还是在伤口上撒了一把盐。

六 纸上还乡

1

少年,某个凌晨,从一楼数到十三楼。
数完就到了楼顶。
他。
飞啊飞。

鸟的动作,不可模仿。

少年划出一道直线,那么快
一道闪电
只目击到,前半部分
地球,比龙华镇略大,迎面撞来

速度,领走了少年
米,领走了小小的白。

2

母亲的泪,从瓦的边缘跳下。
这是半年之中的第十三跳。之前,那十二个名字
微尘
刚刚落下。秋风,
连夜吹动母亲的荻花。

白白的骨灰,轻轻的白,坐着火车回家,它不关心米的白

荻花的白
母亲的白
霜降的白
那么大的白,埋住小小的白

就像母亲埋着小儿女。

3

十三楼,防跳网正在封装,这是我的工作
为拿到一天的工钱
用力
沿顺时针方向,将一颗螺丝逐步固紧,它在暗中挣扎和反抗
我越用力,危险越大

米,鱼香的嘴唇,小小的酒窝养着两滴露水。
她还在担心
秋天的衣服
一天少一件。

纸上还乡的好兄弟,除了米,你的未婚妻
很少有人提及
你在这栋楼的701
占过一个床位
吃过东莞米粉。

七　十亩小工厂

从一数到十，从十数到百，从百数到千
一千朵桃花，
一千朵牡丹，
一千朵冬梅。
她们长得真的很好看

一千朵花蕾从乡间开到了工厂
一千枝暗香交给了同一个动词

从秒钟数到分钟从分钟数到小时
从一月数到二月从二月数到三月
从立春数到秋分，从秋分数到霜降
预备数到花朵凋谢的
第一天。

今夜。两种光出现在工厂
一种是加班的灯光，另一种是
老板眼里斜过的鬼火
两种不要弄脏姐妹的绿衣啊

工卡上集合着两种香水
一种是众姐妹的芳龄
一种是打工的汗青

发薪水的日子，十亩小工厂，十亩芝麻地开花呀
十亩香气
被谁运走？

八　第十二个月份的外省

他们,箭,一样射出。
他们,
听到了一道旧消息
春节临近。

都是汉人的春节。千篇一律。与去年近似
杀猪。宰羊。制作腊肉和年货,人民要把一年的幸福
浓缩在这一天。

另外一个人民,从年关中
购买
一张车票,从一个异乡搬到另一个异乡
他要把一年的乡愁,也浓缩在
这一天

这个事情,发生在我漂泊的广东省
被十二月份看出。他。
辞别楚国十多年,花光了远大的盘缠
薄薄的积蓄
孤单地,

又一次与回家的路途,相反,成为母亲眼里的仇人
年更月尽啊
村头那个年迈的妇人,我害得她
把汉水望穿

九　重金属

1

我。抽出一把刀,砍断河水
她不说痛。
她没落下伤疤
以至于我产生了恨意

家乡的河水实在太柔软了,以至于每碰到一粒砂子
便绕道走开
河水实在是太干净了
镜子养育的鱼虾,十八年还是那么瘦小

而。叛徒已经长大

2

祖父埋在南坡
父亲埋在南坡
年青的叛徒,一抬腿,就把南坡推到千里之外。

草木,枯荣。母亲走得很快
我跑得太慢,追至南坡,不见她的人影。

埋伏在心脏中的特务,白天消失,晚上出现

这个叛徒,割断脐带,头也不回

这个叛徒,布满枪伤,竟然没有走露一丝风声。

3

叛徒,大约逃到了南方,村里有人谈论
生死

他,身患多种隐疾,据我所知
他,两次骨折,三更埋锅,五更谋反
他,偶尔,血,不在血管里奔跑
他,一九九八年四月七日,生病,发烧。梦呓中

有个姓张的女孩
用一辆自行车驮着,沿东环二路,冲至横沥医院

多年后,叛徒孤身夜行,潜往他市,至马尾街102号
张,带着她的女儿
小小的告密者呀

叛徒的声名,和偷看你的事,不和谁分享。

十　罗租村往事

1

罗租村,工业逼走了水稻,青蛙,鸟
这些孤儿,又被夺走了
纯蓝。

李小河咳出黑血
周水稻失去双亲
赵白云患有肺病
陈胜,飞快地装配电子板;吴广,焦虑地操作打桩机;
渔阳啊渔阳,真要命。

地上烧着书。坑里埋着人。
工业加工业,会不会生下太多的鬼? 会不会突然跑出一只,附在身上?
我开始怀念
<u>鱼</u>
怀念花,怀念鸟,怀念害虫。

2

唐。一枝牡丹,过了北宋,过了秦川
她,一身贵气
又过了秦时月,汉时天,至少过了八百里
南宋
以南

经罗租村。
经街道,经卡点,经迷彩服。
经查暂住证。
经捉人

我在杜甫的诗中,逾墙走了
唐,在大雨中疾走,又在大雨中消失
一天中
伊,在治安办
三次放低了洛阳牡丹的身段
哭得不成样子。

朵花,她能叛变到哪儿?

3

夏。古典的小木匠,他摸过的木头是吉他的美声
明。六扇门的捕快,他摸过的罗租村
有铁器,碎骨的声音
有陌生人,强行打开花朵的声音

他

从东厂巡到西厂,比高衙内还狠,动别人的女人
收保护费。

元,铁木儿。
一个工地上的小工,蒙古人的后代
文身,大汗的梦,从胸部扩大到手腕

且慢啊,好汉。
且与我一起藏匿在
一把旧吉他的 D 调中,鬼混
于钢筋
和水泥

元。被
明反复追捕。他,不是前朝的奸细
他,是我无产阶级
兄弟。

4

隋啊隋。红拂女。漂亮的小妖精一样
飞来飞去。
一个姓,三个名字,都被杨府
捉住

薄荷味道的丝绸。满地落花
暴雨
在泪水中跑了三圈。

隋　一路哭着去樟木头收容所,赎回了
晋哥哥
他打铁,弹《广陵散》,弄打工文学社
去年坏掉三根肋骨。
今年没有力气说话。
泪水又在暴雨中跑了三圈。

泪水藏着黄河。黄河藏着吼声。

5

山海关外的小月亮
清。
努尔哈赤的小格格,爱新觉罗的小妹妹
小童工

她,看见月亮,是弯的。刀。
初一,打工。
十五,怀孕。
三十,流产。
刮。刮。刮。
幼小的子宫,被下弦月,越刮越薄了。

她,看见夜,是白的。薄薄的。光。
转弯。
哦,白矮星,时空弯曲,那么多弯曲的小木偶,
都集在弯路上,加班。加点。她们
都想赶往丹麦
都认安徒生为爸爸,都认童话
为妈妈。

6

一块水泥加一块水泥,还不是大地么?
种子知道。
一条工业排水道加一条河,还不是一大河么?
鱼知道。

中国制造

我碰到了商和宋。
一个是色目人
没有手指,对着月亮撒尿。
一个是汉人
剩下半个肺,朝着大好江山,骂着狗日的罗租村。

这两个坏蛋
被白猫和黑猫赶出工厂,继承了战乱的气息
工业的 GDP 在增长,农业
从胃部开始松动。

一部《诗经》,忧虑一只硕鼠
啃掉一座官仓
两个坏蛋,忧虑一只猫
吃掉二十多个省。

十一　夜雨各有各的下法和忧愁

小河甩开绿袖,摸出水仙
细石立命,游鱼安身
罗圈腿
量了深浅。是时,浸水丘
过了。

流水向南边赶路
日头去西边睡眠。汪家坳,草木停止了生长
是夜
露浓。我的心跳,比平时快一些。

喝过一支蛇胆川贝液。
一滴雨水,挤进了脖子,是什么凉了一下?
我从袖口取出
秋风。

铁丝
从内部取出电,这睡着的老虎,它下山速度
是迅雷
是闪电

半夜起来咳嗽的人,摸黑走在沟底的人
炉子上,汤药溢出瓦罐,转而使用小火的人。
身体里的棉花、力气
逃走了一半的人

良人害病。快来看呀
小河扶着两岸/木板抬走干柴/乌云
从袖口中取出雨水,夜雨各有各的下法和忧愁。
仿佛故去的人,都来看我,有迷人的响动。
小麦提前半年开花,灌浆
可能等不到谁来收割。

十二　一个湖北人的快乐和忧伤

1

玉。
我不该写诗,骗你。说要把月亮搬进窗户
或者,我们
搬到月亮上去住

左邻,是舞蹈学院的毕业生,她叫嫦娥
右舍,住着伐木工老吴
茕茕白兔
东走西顾

我们用银子下一场雪吧
我们用银子修一条洁白的公路吧
我们用银子让一条白色的河,继续流吧

浪费了雪花。银。月光。水。
它的温度,接近我们的体温,一点都不冷。
从一九九〇年起,我带着你
偷鸡,焚琴。走狗,煮鹤。拆叔伯哥的鹊桥

这个混蛋
一共
干了四件坏事。

2

玉。
老吴砍了桂花树,造了白纸
一本白纸,我
写了旧信。
写了旧诗。
撕下一页,揉成一团
潦草地
喝了一大碗米酒,碗是陶的,喝了一小杯高粱,杯子是瓷的
都被我摔碎。对着一棵年长的桂树,踢了一脚
我不道歉。
桂花便落了下来
如同她,年年落在身上

桂花。酒。爱情。
玉。
谁嘴里含着甜甜的丝绸。

3

玉。
我不该写诗,骗你。说广东省
满地是金子。
我们到了广东省,我们到了深圳市,我们到了龙华镇
玉。在电子厂,A 拉,工号 245。

我在松白公路做小工。
本周两天就下了三次雨

第一次是星期一,雨,在松白公路,追赶一只落汤鸡。
第二次是星期二,雨,在松白公路,逃跑时,跌断了一只细腿。
第三次也是星期二
雨,沉入了石岩水库。

一只鞋子,留在了水边。

旧人
去了台湾岛。
去了基隆港。
去了
……

十三　写诗的骗子，是我

1

写诗骗子，是我
写几首破诗，在三个省
混。随身
扛着三个外国人：艾略特、荷尔德林、叶赛宁
一个中国人：
海子。

他们都比我混得好，坐着棺木回家，不愁吃，不愁住，
从不生病。
我真的是个混蛋，不顾母亲祖传的念想，饿着肚子
在大街上和一群人朗诵太阳
几年间，骗过三个少女

一名姓许，湖北籍，在德爱厂认识的
一名姓胡，四川籍，在义工联认识的
一名姓张。

2

我。在工地的木板上　旁若无人地写诗。
写得张哭泣。
写得张
离开了湖北省
离开了四川省

离开了福建省

祖母的银手镯,离开了郭金牛
借虫子200,用于交房租。
借土豆50,用于吃饭。
借江鸟30,这天节余15元
购买了逃走的车票

我。逃到石岩镇、逃到宝安区、逃到东莞市
具体地址:
长安镇文化站三楼303号。从报纸副刊上找到一名叫方舟的人
以诗的名义,在锦厦村路边的一家小酒馆
骗得
人民币500元整

3

张。
我且喜且悲。租住霄边。隐姓埋名。
每当我谈到诗歌
灯盏,就会依次熄灭
祖母的银手镯
就会回来看我。

从前的眼泪,居然要到二十年后
突然涌现。
是否碰到谁的痛处?
是否看到了不孝子?
是否见到了负心人?

是的,浪子子虚
十八年来,从未落脚蔡河。镇。外省的账单,七百八十元整
比旧时,更加清晰。
从未归还。

十四 那里

水面上,蜻蜓悬浮,用细细的尾部,浅浅地触一下水面,
又迅速离开。它频频做事,很认真的样子
不像成语说的那么肤浅。

车子起步,村庄变细,变瘦
我出了远门。
去。那里。这个动词,要在春天,要在早上
要在蜻蜓点水的时辰跟上。归人
都赶在黑夜。

车子驶向外地,那里,距说话的人较远
那里,河水,不会照见人的影子
那里,河水,不能淘米,洗衣,做饭
那里,河水,不是用来浇灌庄稼
那里,水稻,失去了良田。
那里,股票,超市,酒吧,夜总会
那里,电子,五金,塑胶,钢筋,水泥
那里,高铁,街道,大厦
那里,T台,野猫,催情粉
那里,
人民
在公园看山。望水。
在纸上种花。养草。
水墨浅浅
画。蝴蝶穿花。

一天暗淡一点。

如果一切归零
它,来怀念人类?

十五　一张晚照

父亲在南山的坡地上
点豆,种瓜
夕照里,身影迟滞
一定是时光捉走了他的壮丁
剩下白花花的积雪。

暗中,他一定想找回老地主的晚年。或东篱的菊花
暗中,他一定会支出银两
与家信:我,在南山区
坐在天梯上
南山小小,向南走。东江细细
向东流。

不曾想到,积雪越下越大,大到将
曾经白杨树一样
英俊的丈夫
压弯

黄土紧跟其后
春池在雨中掩泣。
夕阳在西山里下葬。临终,父亲把手势往下
压了压,似乎要降下
外省缓缓上升的天梯,就像母亲弥留之际的眼神

指向我十岁以内
一服中药

她。对着白芷,鱼腥草,防风,当归
一钱一钱
吩咐得那么细心。

十六　左家兵还乡记

序言

一只夜鸦,穿黑衣,骑黑马,走黑路
嚼、嚼、嚼。挖坑。挖坑。挖坑。阴间的信使,正将坏消息传递
第一只,它要摧毁一个人
第二只,它要摧毁一个村子
第三只,它足以摧毁我的祖国

1

11月27日,夜。李绍为,61岁,他正在接三塘镇老乡封其平打
　　来的电话
并顺手将碗里湖南的土菜吃完
有个人咳嗽。有个人,躲在月亮上
偷砍别人的桂花树

他。不是封其平,封其平是一个小包工头。

他说:"老李,去不去福建打工?挖电缆沟,3元/米,深度不管,
　　一天有六七十块钱,包吃住,还包车费呢。"
福龙村一亩地净收入也就这个数。"这个活待遇很好啊,我去
　　我去。"
李绍为心动了。
嚼、嚼、嚼。挖坑。挖坑。挖坑。阎王的舅父,一只夜鸦,手持一
　　张路引。

2

放下电话,李绍为飞快跑到了左家兵家中连声叫喊:
好事来了。好事来了。
左家兵,目不识丁,出门打工总是算不清工钱,被人欺负,常跟着
    能写会算的李绍为出门混。
五更天,李绍为身上带了50元,左家兵揣了20元
两人拎着一个旅行包、一个编织袋
上路。

一拨岁月向后倒伏,另一拨向前奔波,屡见上车和下车的人
皱纹爬了一脸

一些人拿得起一座大城市,一些人放不下一个小人儿
尽管天空一脸平静,一年的风尘
就在内心滚动
嘀、嘀、嘀。挖坑。挖坑。挖坑。阎王的舅父,一只夜鸦,手持一
    张路引。

3

此去,路遥遥,三千一百公里许,有龙岩市一座
在福建省的丘陵中
埋伏。民工数十人,第一锄头挖下去,哇,都是石头,根本挖不动
上当了。

但,他们必须亲手将大山的骨头,捏碎,取出,将电缆沟
细心侍候得如春天的田畴。如同
拿到一年之中的口粮

我不在现场
不等于我不亲手在诗歌中提到一些小人物：
竹贯村、银环蛇、和左家兵

山中野花不害怕他们
山中野蝇不害怕他们
工头也不会害怕他们
嗬、嗬、嗬。挖坑。挖坑。挖坑。阎王的舅父，一只夜鸦，手持一
　　张路引。

4

今年的元旦，和去年一模一样，今天和昨天一模一样
大包工头江宣伟赶过来了，见民工们都窝在工棚烤火，他顿时叉
　　着矮胖矮胖的腰骂起来：
"过节就不干活了？要烤火，回家烤去！"

热爱火的人，需要将火
藏在内心
不冒出来

植物上落下来一片叶子，掉在左家兵的头顶，他没留意
一片掉下来的树叶，被虫子咬破，
正是
一个人的一生
他毫不知情，更不会躲避
嗬、嗬、嗬。挖坑。挖坑。挖坑。阎王的舅父，一只夜鸦，手持一
　　张路引。

5

银环蛇。睡在家里。
如果不是封其平李绍为左家兵他们想混口饭吃,不会有任何事
　　物去打断
冬眠
一段为期三个月的幸福。

银环蛇细牙如玉,比落下的松针足够干净;皮肤如彩缎斑斓,让
　　人产生美的错觉。正午的阳光善良而温暖,蛇们
满心欢喜
身子变得柔媚。
左家兵埋头,继续挖掘电缆沟,蛇看到他,心情突然变坏
就像一道小闪电。
制造迅雷的小闪电
要将他赶走。

左家兵突然发现左脚不对劲,话都讲不出了,李绍为一见慌了
　　神,连忙背起,出山,往医院赶。瞳孔放大,对光反射消失。
输液管的水,滴与不滴,都让他心惊。

6

让他心惊的
一共欠医疗费1300元。这些外乡奔波的人
一根稻草,也能压断生路。

"抢救已经花了不少钱,医生说不行了,大包工头说不关他的事"
　　李绍为说。为了躲掉医疗费,刘国兵负责在前面引路,谢田

拿行李,何三毛则协助李绍为偷走左家兵。
他们避开电梯,从4楼住院部一路走楼梯,然后绕到后门,出住
院部铁门,上一个30度的斜坡
穿过医院家属区
再出一个
铁门,李绍为等人将左家兵从医院悄悄背出。

一缕游丝
23分钟后断线
撒手丢下别人的城市、竹贯村、电缆沟,和故人
赶向了下一站。
嚓、嚓、嚓。挖坑。挖坑。挖坑。阎王的舅父,一只夜鸦,手持一
张路引。

7

下一站。
左家兵被被子裹着,上面撒了些白酒,四人直奔火车站
伪装成醉汉。
登车。

李绍为怔怔地坐在尸体旁,一边抹眼泪。
人是他带出来的,为了混一碗饭,丢了一条命,回去如何向左家
人交代?
这个黄土已埋了半截的人
恨黄土没一下子将他埋完

下一站。
取道广州
1月2日晚上,李绍为等4人"千里背尸"被巡警发现

祖国的一个影子浮出水面。
祖国的水底埋着许多火山。

十七　木匠小郭的悲观主义

追赶春天的柳枝,开始稳重;追赶时间的
大巴车,开始轻佻
八点半。一只拦路鬼,正在寻找它的
替身

表妹叫声,偏短。
车祸。红油画。缎面的女鞋。三米多长的红线
与张力
血,往上欠了欠身子。

时光倒叙,约七年的光景
城里人,离家,赶往野外
抚摸稻草人一根细长的腿。
招风的破袖,摸出象征主义

木匠小郭,带着表妹,去城里挣钱。
一条小路通向大路,越走越大,越走越多
符合木匠小郭的愿望

表妹私自远嫁,我独自成亲
想起小时候,我们一边过家家
一边
往村子的水井撒尿,现在很后悔,带着受伤的表妹
回到村子。喝

井里的水。还在等着一对旧儿女。

十八　木工部的性叙事

天气转暖,雨水茂盛。木工部的李小梅
开始
惊蛰。

哎呀,小妹儿放弃了四川省,细腰袅袅,水袂摇摇。
一只猫,潜至体内
蜜桃成熟。
青春初潮

李小梅爱上了猫步。
春天的一只小兽,要出来活动,说美就美
欲休不休,随她
乱走。

一千名女工,一千只猫,春天的声音庞大,
猫爪小巧,
在铁架床的上铺和
下铺。徐徐展转。
抓破美人之脸。

木工部的小郭,每天,时间被切成24小段
加班,吃饭,洗澡,睡眠。偷出其中
一小截。
此处,宜写小诗数首
可涉及
李小梅

趁春色,踏芭蕾,保持猫的神性,不弄出声响
一枚月亮,一枚美元,
各自来自不知名的小镇
低头,
坐进蚊帐。

惊多于定,小大于大
铁架床,摇出了慌乱。

十九　灿烂的小妓女,徐美丽

小妓女。
徐美丽。年方二八,丹凤眼,我简直就要爱上。她
第十六个。春。

活着是一件多么好的事
徐美丽,双肩削瘦
左肩挑着一家四个人。奶奶拾着空酒瓶,妈妈喝着先锋霉素,弟弟
上着初三。
右肩
扛起柴、米、油、盐。

徐美丽做着违法的事。被警察抓。没见她怎么说苦
我。很难收回先前在娜娜发廊门前吐过的三次口水。
说过的坏话:这么小,这么贱,这么淫荡
现在,这么爱她。
我有什么资格

写诗。对生活说三道四

二十 秋天的加法,春天的减法

张。一个四川女子,与我一起,一手拿着米粉
一手拿着工卡
在春天的减法中,奔跑

滴答、滴答、滴答、
卡钟走路的声音听起来很轻巧
加起来就是一天,一月,一秋,一生就剩下老年和病痛
我。不敢花心思
细想,

秋天的加法。

一碗素食东莞米粉,在工业区门口
与酒,肉,其他的美食。保持
一个省的差距
一个湖北人
一直用它
填饱一只胃,保持 404 大卡热能,保持从早晨八点
啤机
至零点,不倒下。

张。一个含有爱情的少女。碰见我时
桃之夭夭啊,灼灼其华
离别时,一碗香气,被闹钟的马蹄打翻

迟疑着,我不敢说出

除了能向一辆献血车
跑去
还剩下什么?

二十一 春天，六点钟的疼爱

1

春天，早晨。让人痛爱。
春天，六点钟，朝露圆润。泥土松动
似有更多根系，埋头向下修建
似有更多苗头，向上露出尖尖的脑袋

春天，六点钟，母亲打开了鸡舍，公鸡领跑
它找到粮食，多次回头，召唤
母亲的手，并没有因此慢下来

她。对着小鸡们撒下一群细米
露出慈爱，好像看顾一群儿女
正在慢慢长胖。

2

春天，六点钟，小麦苗青，桑园洁净。
春天，六点钟，父亲将牛牵出牛圈
他扛起犁耙，在七里半的水田，深深浅浅

他撒下的种子；
我，背上书包，一溜小跑
我家，坐北朝南。

春天，六点钟，油菜金黄，喜鹊白尾。

春天,六点钟,妻子,露出雪白的大腿,
我拉起铺盖
栀子花听去她的呢喃。母亲松开了微笑。
早饭飘香。

春天,六点钟,母亲连声咳嗽,她一直将风寒,藏于肺部
春天,六点钟,父亲将六十年的风声水声收进骨头
唉,姐姐已嫁往山西
我已南走深圳。

3

春天,六点钟,倦鸟合拢的翅膀,重新张开。
春天,六点钟,父亲十年磨刀,我一朝砍柴。
儿子放起了风筝,眼里只有春风,蓝天,白云
收不住翅膀。

一只漂泊的风筝
漂过立春、夏至、秋分、小雪,如果不是清明下起细雨
我几乎想不起
春天,六点钟,父亲
带着关节炎,走十八里山路,去城关中学
给我送来柴米
和一小罐盐炒黄豆

春天,六点钟,春蚕吐出母亲的白发
春天,六点钟,父亲的墓地坐西向东
我摆好纸烛。

父亲,三棵马尾松

吃掉阳光,雨水,时间
都已成年。

二十二　斑竹上的泪滴，都不是我们留下的

1

五更时分，一榜探花，尚在赴任
途中
公鸡打鸣，三声后
收走我的印信。

稍后的一个时辰，卿卿学会
打柴
淘米
做饭

父亲在七里半水田里耕作，我的身世持续低温
为什么我不生在唐朝？

一件事未曾明了，公主，半露圆润香肩，花灯一路西去。
贞观十四年的事
玉
为何你在其中时隐时现？

2

卿卿
那雪下的正紧。有人对镜梳妆
母亲出门时，故意锁牢了柴扉。大红围巾，一前一后
飘起

那是她带着美貌的大姐二姐
参加侄子的婚礼。

小吏从斑竹村北赴宴,卿卿从斑竹村南出走
翻过木格窗
我们轻手轻脚

雪过三巡,斑竹枝弯腰,鸟鹊成双,它们不想在白纸上留下情书
细巧的眼波流转,打量
一对奔波的人,头上各顶一朵白云,被竹枝
绊到。

大雪,不紧不慢。

3

门前有斑竹。斑竹有泪痕。我曾经看过
泪
是旧的,数了一下
有一千多点
都不是我们留下的

卿卿一家,正乱,一个敌人的偷袭
最小的女儿不见。
小吏七品,顿足多时,关他什么事?

七里半,花半里
桃花不言
李花不语
卿卿

那正是我们离家,前往广东省,筹措粮草
三年内,不打算回来。

二十三　致艾斯特·娜奥米·皮卡

亲爱的艾斯特·娜奥米·皮卡

你好。

我与大多数中国男人一样,不喜欢太长的名字,我叫你"阿米"吧。这个名字很中国。也很美。

阿米,阿米,阿米,我练习三遍之后,果然亲切多了,就像我找到了多年失散在异国他乡的好妹妹。阿米,美丽的荷兰妞,你在听我说话吗?一个中国乡下的男人喜欢上了你的诗:

《ONDERZOEK》
白天无所事事晚上取悦男人你愿意么?
想到薰衣草令你沮丧么?
你可曾想象过一座旅馆么?
删去吧:我不是女人/我是一个笨女人
过去几年我至少六次
后悔过。我的指尖上仍残留
并偏爱:金箔、颜料和番茄汁
你侧身于一个箱子。如果你无法适应它
要怎样描述你自己? 要讲多久
超重会怎样困扰你? 有多频繁
假如你从桥上跳下,你会不会试着:
A) 在地图上标出你自己
B) 随波逐流,越漂越远
C) 半路返回
比方说,你的病是一种动物。当健康成为问题
与日俱增。你最不希望你的病变成什么动物?
注意:糟糕的日子也要计算进去

对于这结果,你比以前更害怕了吗?
写下之后,你该向谁请教这些问题

  薰衣草。一座旅馆。笨女人。
  第六次。金箔。颜料和番茄汁。
  这是我最喜欢的事物,开篇多么让我惊艳,这个时候,我要加倍喜欢你:阿米,美丽的荷兰妞,我爱屋及乌了。在我喜欢这首之前,有个叫上官南华的中国诗人也喜欢你,因为这个原因,我要多花一倍的力气来欣赏你的诗。

假如你从桥上跳下,你会不会试着:
A)在地图上标出你自己
B)随波逐流,越漂越远
C)半路返回

  当我读到这里的时候,我差点想飞赴荷兰了,这完全是你诗歌的魅力俘虏了我,接下来,那么多的美丽留给另外一些中国诗人来欣赏。
  此致

爱你的中国乡下男人
写于2013鹿特丹国际诗歌节前夕

二十四　许·宝安区

前进一路，
绿袖招兮，绿袖飘兮
画上走下来的女子
农历上，没有溅起一小点灰尘
立春多么干净。

当街，一支姓许的藕
莲步轻移。比春风稍胖
修长的小腿
被清水养育得多么白净
恰似一段春光，乍泄。

时间：二〇一一年
地点：宝安区
事件：姓郭的人，混在玉兰街
跨前一步
搂住一支藕：一位水中长大的
莲花

藕断了，我吃了一惊
站立不稳
河水乘机倒流了十七年
锦书摇了摇，
山盟摇了摇，
宝安区也摇了摇。

我虚构过的莲花,
荷叶,
藕,
她们,都姓许

二十五　许·镜中

隔着玻璃,藏于往事
许,镜中的花朵,是救还是推开?
那时,豆蔻花开,小小的美
种在眼里
而今,花落,人立
于画卷之内

一封小照和一个姓许的姓氏
一顶女式军帽和一本诗集
一个叫做西乡的码头和一艘轮船
一声汽笛
就像离别时低沉的叫喊

我不愿意离别,那时候
西乡的桃树和桃花也不愿意离别
风扭动了一下细腰
桃花顾盼
忽然,江边的风景换成了细细的
雨丝
好像要哭的样子

许越哭,离别速度越快
一米/秒,十米/秒,一百米/秒
迅速奔出我的视线以外。
我忍不住叫了一声:
许。

桃花应声落了一地

瞬间,一些事情就像桃花一样凋谢了

二十六　许·白苹洲

退一步,我就碰到了秋天的
白露,许的皮肤就这么微凉
蒹葭为霜呀,
白露也为霜。

两处白露
一处白苹洲
被秋月,照了照,我退了一步
月色逼近了一步
我退入镜中。

再退一步
我就退了一千多公里
退入他乡。
但我退不出许。

许,脱下了绣花鞋。轻衫溥汗
追赶着蝴蝶,跟着桃飘
李飞
水袖里居住着香气
半醉吴音
多么媚好。

月亮离开了蒹葭
月亮离开了白露
月亮离开了湖北省

它走了一千多公里。

唉,镜中的许白露
画中的许蒹葭
没有生下湖北人的后代

二十七　许·白纻裙

许,白纻裙旧些了吗
隔了一小会儿
斜晖悠悠,逝水脉脉。
白苹洲的江水,十七岁半了,
没有回头望一下谁

第十件
白纻裙。淡了,溥了,
还瘦了一圈
一模一样的白纻裙,真的更瘦了

每一次
我从湖北来,到外省去
一个人,朝南,想念晋江人氏

白纻裙。乜斜着窗外
多次对着月亮脱下
露出好看的乳房
红的指甲,白的手指
微凉的兰花
朝向北方。

许,穿我买的白纻裙
读我写的诗,在我经过三个省时
她脉脉地
乜斜过千帆

乜斜过白苹洲
乜斜过兰陵渡
眼风细细地

我来不及招手。

二十八　许·丝绸·白瓷

许·丝绸·白瓷
三种幸福之中
我摸黑数着寸寸青丝
一直数到七夕

七月七日,雨。
一阵大雨跑到我眼里哭泣
另一阵大雨
跑到了南山

南山区,我用诗歌描你的柳叶眉。
用桃花作胭脂
用月色调水粉
用一阵湖北籍的目光
缓缓地将一件丝绸吹退

那时,伊人半放
许·丝绸·白瓷
三重美丽之中
没有一丝消息吹动姓许的丝绸
没有一面丝绸盖住姓郭的疼痛
没有一条道路,
不把鞋子磨穿。

突然
一条道路,生下了一条小路

小路柳暗,花明
一个男人,
由悲转喜
哎呀,我三十六岁了

二十九 春天的四克拉雨水

张
干吗在二楼的窗口丢下眼泪
它砸伤一寸心口下的四滴雨水

四滴雨水四颗春天的钉子
四颗春天的钉子四句誓言
四句誓言四条苏醒的

小白蛇

白中的一点黑
黑中的一滴白
我从没有温度的眼中,看出有毒的样子。

干吗三年守着一个姓名取暖
干吗每夜写一个婚期取暖
干吗今夜不能取暖?

一张病床两种病痛的鲜花
一双小手两只温存的话语
一场泪水比春天钉子长得更快

干吗,往事揪住张不放?
干吗,我抱着你的名字不放?
干吗,你守着四克拉雨水不放?

三十　下半夜,我不关心

下半夜
我不关心七星,家乡的七星,心怀柔玉的好姐妹
坐在天梯上
想起七盏路灯
我既不愿意哭泣,你也不愿歌唱

张
你轻轻地哭泣干吗
两颗离家的小玉米
一颗姓郭
一颗姓张

痛做的玉米
泪做的珍珠
离别生下的一对小人儿
我不关心
我不关心母亲
我不关心流落在地上的小玉米

她长得又瘦又小

三十一　第七盏路灯

由今夜往回数数到第七盏路灯
第七盏路灯一直未曾入睡
第七盏路灯它在等谁？

今夜那人手把绣帘幽闭
今夜那人口吐兰香把月光吹灭
今夜第七盏路灯用泪水洗脸

我不阻止第七盏路灯　领养一个孤单的影子
我不吹熄第七盏路灯　提着忽明忽暗的灯笼
我不带着第七盏路灯　带着七个兄弟一路排开
后退的第七盏路灯逃向皇岗以南
逃走的第七盏路灯退向笋岗以西

第七盏路灯要将我赶走

三十二 一九九九年

一颗是钻石
一滴是泪水
尘世间两种极致事物
被我碰到
张
它们的美只能用克拉来表述
一克拉一克拉的
眼泪
哒巴,哒巴地掉在一九九九年的
布吉大街
爱情停住,中巴开走
月光一滴也没剩下。

三十三　梦幻边疆

梦幻剩下了边疆,远大的边疆剩下了我。
我看到了三分流水
剩下了小沙子。
美人
剩下一朵棉花。
一朵棉花,做不了爱情的小袄。

雪白的云朵飘走了,她飘到了边疆,边疆那一万亩白棉花,是她丢掉的嫁妆。我来到了边界,边界的雨来了,一万亩的雨陪着我,雨望不到边界。
雨
是我丢失的眼泪。
这是我多年一个梦,在梦的边疆,我找不着边界。
虽然春天的一粒谷穗养育了我,我并没有记住谷穗成长的过程;虽然村子的井水流出来的谚语,叮嘱着我,我并没有记住村子教导。我被雪白的云朵带到了边疆,边疆没有我走失的亲人,只有雪白的、没有亲戚的云朵。
我来到边疆十年了,每个月份,月亮都有圆的时候,每一次月亮圆的时候,它会照上一朵白棉花,也会顺便照着我。
云朵在月亮之上,我在月亮之下,这就是我们的界限。
我在梦的边疆。

我在边界游走,每次这样来到边疆,我就看到了你,若隐若现。
我看不清你所在的地址,我分不清你来时之路,我记不清你去时的方向,我只写下你的名字,我只看到了一个梦魇。
我和你,一个是蜃楼,一个是海市。

我们都是做梦的人,我们都是幸福的人哦。
梦,每夜会健康地走动。就像一朵干净的忧愁。每晚都有一列心灵的火车,从我梦上驶向边疆。

三十四　双十的花忆

有一个名字生在晋江,有一个丫丫在海水之南,有一个燕影美丽十年、十年,有一段轻握的温柔无言。

十年之后的十年,当我重复想起一个名字,我在百度上输入了一个三个字:许丫丫,接着我点击了搜索,当我跳出许丫丫三个字信息时,一种激动难于言表,感谢百度,感谢网络,它把我失散多年的朋友给从虚无梦境中搬回生活……

五月因此变美好而动人起来了。

现在看来,五月是属于果香的季节是有理由的,果香的季节找到一个苹果一样的女孩子也理所当然。许家燕影,对于一个写诗女孩子,她的诗集《轻握的温柔》散发花果一样清香与五月有关。关于女性的细密和迷幻使我对五月具有了更多的认知和亲爱。当然对于她这个感动着五月、感动二十年之后男人显然不是《轻握的温柔》。

《踏花拾锦年》。

她的二十年经历了些什么?在深圳的东环一路转角处,我踏着三轮车在异乡搬运着出门在外的时光,一边对着逝去的十年之前的十年向前梳理,这一切没有结果,而丫丫则会常常会梦回到她曾呆过的军营,戴着耳机坐在机房接听电话,搬着小凳坐在电影场很卖劲地唱歌……

当然,我的梳理是没有头绪,就像我为什么要搜索这个许的姓名一样,让我充满了困惑。

踏着三轮车好多年了,我去过晋江,我走过石狮农行,我徘徊过党校路102号,我好像做过很多的事情,好像什么也没有做。我的这十年之后的十年我在做什么,在想什么,只有三轮车伴我餐风饮露。

为什么要写这篇网文?这个问题是很让我不解的,这无疑是背离了我踏三轮车的初衷。我今夜浴在灯光的手心,我的心就有了温暖。一天劳动让我在夜晚中显现幸福,整个城市的灯光站在街市上,就像丫丫诗中所现:明明灭灭……

躺在灯光的手心,我憧憬十年十年地向后推进,我忘记把我的网文写完。

谁偷走了双十的花忆?

三十五　嫌疑人

嫌疑人,正在出租屋内磨刀,一定是出了什么事
需要将一把刀
磨成一张白纸
这多么危险。

一名小虫,捂住嘴巴,小声嘟哝:天啦,
他要去罗租村
杀人。

囚:四方体。黑可以埋住白,一波
接着一波,没有几个人经得住埋葬
骨头长满了黄金手上戴着一对新铁
好像来年一对新诗。一朵乌云跺了
跺脚。

飞快地走了丢下一阵惊堂木和雷声。

强奸犯受到狱霸的鄙视经济犯得到
狱警的重用政治犯得到了牢头敬意
而坐在牢中写诗的人我则说不清楚
一张白纸种棉花;一张白纸磨白刃
一把刀,

长得与我一模一样。
一把刀,行凶之前,像一张白纸没写上黑字。
一把刀,藏在我心中,谁也别想拿走。

锅里种有一群白米粥,一粒紧
靠一粒。
少妇种有两朵白蘑菇,一朵与
另一朵对称。
等候
确实迷人。恍若一个时辰之后,白纸
腾出了更大的房间

一首诗写完,一把刀,便失去踪影。

三十六　格式化

狐狸脱下了裤子说:请宠爱我吧!
水井脱下了裤子
小水桶脱下了裤子

吴夫人。忽然,一道消息走在尘土飞扬的路上。
煤矿塌了,煤老板说:天塌不下来。

有泥土散了。
有身子软了。
有命没了。
不说了。

隔壁的后羿不射日了,去了山西的煤窑,不回了。
嫦娥偷东西了,搬到月亮上去住了,不回了。
玉兔还在捣药,奶奶要用。
安徒生卖火柴去了。

黑夜混入了黑夜。
疾病混入了疾病。
穷人混入了穷人。
人混入了鬼。

小学生刘守儿,K。混入了《英雄联盟》
经营
怪物公司
蚜虫宝宝

十八级大神。
在网吧,杀杀杀

莲花状的灵魂,火红色的狐火
脱落时,有红花散落的效果
有
左右手点亮暗红和深蓝色
的效果
格式化。

三十七 萍,我叙述一下光阴

萍,你在水的上面,
萍,小鱼拽了一下你的衣裳,
萍,
水的波纹,一圈圈扩大,到了马峦山
青丝遮脸

哎呀,打碎了西江月。
萍。你痛吗?
萍。你在水的下面。水下有佳人呀
一顾小鱼沉入水底,二顾桃花凋谢,三顾明月躲在青云的后面
哎呀
大雁落在平沙
留下衣裳
羽毛

哎呀,一列火车穿过阴道。
萍,西江月
一粒美丽的白纽扣,天天掉水里。
一粒
散落
马峦山
年年织青线
哎呀,水边,坐着羽林郎

哎呀,阴毛青葱,长在伤口的两旁
哎呀,红河失火。

哎呀,蓝田玉碎。
哎呀,三四年。西江月照着西江月
哎呀,三四年。时间灌溉马恋山
哎呀,在水之上,两只野鸳鸯
哎呀,你念你的念奴娇
哎呀,我写我的匿名信

三十八　庞大的单数

一个人穿过一个省,一个省,又一个省
一个人上了一列火车,一辆大巴,又上了一辆黑中巴
下一站

祖国,给我办了一张暂住证。
祖国,接纳我缴交的暂住费。

"落雨大,水浸街。"
春枝做了祖国的洗头妹
她要卖春天

"月光光,照地堂。"
二叔,幺舅,红兵哥,三只惊弓的斑头雁
一只捉到樟木头收容所
一只失踪十三天
一只有点偃,蹦跶不了几天。

"小白菜,泪汪汪。"
南方有人砸开出租屋
哎呀。那是突击清查暂住证。
北方的李妹,一个人站在南方睡衣不整
北方的李妹,抱着一朵破碎的菊花
北方的李妹,挂在一棵榕树下
轻轻地。仿佛,骨肉无斤两。

唉,我帮不到她。

三十九　夜游图

一只女鬼,风尖托着她
走走停停。
轻飘飘地。青丝披散,很长很长,像三千愁绪
穿白衣,飘水袖。

一定会在大厦第七楼窗口,出。没。
她的秋波,游丝软系。
有时挂两条白练,有时结数朵丁香
大约

有一个少女在那儿
垂直地死去
垂直大厦
女鬼,想停一会就停一会,想走就离开
一定很漂亮
我想,我一定爱上了一只女鬼。

听说,她的名声不好,纸烛全无。

四十　夜放图

只有我,看见女鬼开出昙花。

一定是她想家了。
她喜欢被亲人接走,
可是,风一吹,她就走形了。可是,一有亮光
她就没了
敏感而迅速,一路上

饿,就吃一块夜;渴,就饮一杯黑。
差一点
昙花
就从黄泉开到了去年的三月份,唯有在午夜,暗中抢着开,
偷着开,
只开那么一小会儿,
那么短命,
就像她的爱情。

她觉得,一生只开过那么一小会,不后悔
她一定到过我的窗前
我一睁眼
她,连影子都没有。

四十一　夜泣图

大厦,垂直。
妇产科。向右拐。
小巷
未开的小花蕾,短命的小花蕾,未曾出世的小花蕾,拚命抱着胚胎。
那一定是想抱住名声不好的母亲
不放手

可惜,她的力气太小了。才四周大,与医生和一件铁器对敌
夜,是红色的。
开始,只是一句句流血。
后来,一片一片地,流血。
小鬼不责怪她的小母亲。

这几年
我好像欠了谁一句话
一直
没办法亲手交给她。

唉,阴啊。阳啊。
一些事情出了差错,就会低于夜色。

四十二　深圳,我喊你(一)

妻子在小摊上
忙前忙后,脸上开出迎春花,微小而易逝
是的,小快乐,被外省一吹
来得快,去也得快
并且,

经过母亲的坟头,掉头朝西。

红夹血,黑加白。第九盏路灯,就生出了慈悲心
灯光,微黄。
安定,短暂。
"老板,来盘五块的炒米粉,加麻辣。"

三个外省人,三个省的酒量
三个省的语言
说着姓邓的公司,一周前,露出一段白骨,人们的心中长出了大片的野草
单靠几把镰刀,肯定割不完辽阔心事。
单靠几把锤子
肯定敲不掉整座忧愁的南山。

南山下
愚公,挽了挽袖子,时间。流水。血液。彼此
经过身体上的一条裂缝
传出细菌争吵的声音。

四十三　深圳,我喊你(二)

深圳,我喊你,你不应我
我一喊你,就有人离开了
人世。
你一应我
你的虎,就下了南山

落下慌张的树叶和葱花。

少时,居住在杯子中的东江水,送服一片
扑热息痛。
钢筋,被疼痛　拧弯。

依旧有与孟浩然不相干的人,《过故人庄》
还来就菊花。
还来吃虫子不敢吃的
青菜。
还来《相见欢》。
嘿,这满嘴溃疡的家伙,张开嘴
跑火车,上西楼,分吃水长东,秋家的风寒
散布假消息:

说春天故事已被取消。
说人的良心,被狗吃了。
说人老了,儿女和"社保"都指望不上。

四十四　一件小事

说起官字,两个口。
说起
山河
秀美。国道通途。官商富足。

说起我的私事,客官,且看滔滔江河水
山中有老虎。
城市有美学。
支部有政绩。
祖国有公粮。

小贩于火中取粟。
我在火苗上洗手。

"书记的阴茎"。一路坚挺
推翻葱花。粮食。鸡蛋。桌椅。
天打雷呀。
电打闪。

这是
二〇一二年九月四日晚九点三十分
我的生日。人民路口。与湖南瓜农尸检
没有关系。

有三样东西,被分开:皮。肌肉。骨头。
多像我的
三位亲人。

四十五　我喜欢国破

喜欢国破。
喜欢永别的尼布楚。
贝加尔湖。
琉球。
喜欢 1840 年的鸦片。

山河上,摆小摊的很多吧?
山河上,乌鸦飞的都很黑吧?
山河上,从金子中取走善良,都很便宜吧?
我恨
山河在。

更恨今年的知府和衙役。
其实,美丽的事物,还有很多
山河上

张家漂亮的女儿,她试穿了漂亮的婚服,大红而喜气
她。为我脱去省籍
她。浆洗旧衣裳
她。生下小葵花

外婆在湖北的夜里摇橹。
月亮在广东的天上航行。
妻子
在路边摆出了鱼尾纹。我无意中看了一眼
凋谢、贫困、漂泊、美德、以及那些破旧的零钱

全归我。

此时,我便欢喜起来,
葵花,葵花
唱着国歌上学,一举手,一投足,
几乎想象得出:
一朵小葵花,小时是女儿,长大是母亲

四十六　赵氏

1

二零一二年九月八日。
白露。星期六。流水。薄。秋高。
气象
转凉
妖,被捉回翠竹路。黑眼圈
乌嘴唇。

菊花开得不高,两只枯叶蝶飞得偏低,当我望过去,
她们赶紧不看我
把影子

投给一个姓赵的人,赵氏孤儿,赵公子
年少的赵王,向左。倾。
我今天去,劝他
别

每天,坚持兵发咸阳。钓鱼。岛。

2

老的赵,黄鸡修书,白发击鼓。练习
以卵
击石。
包龙图　打坐在开封府,苏三　离开了洪洞县,我

每天
坚持
轻度咳嗽三次。
惊雷藏于体内。

深圳亚联财经小额贷款有限公司又打电话给我
没钱,姓什么钱嘛
假装义工,将一匹白布,换成一匹

白布

虞兮。每周
坚持贴小广告。长牛皮癣。寻人。
至游人散。
至阴雨绵。
至朱颜改。

虞美人
丽质。生于楚,失之于王谢
堂前。为词牌。
后世
为曲。多幽怨,多无常。
我 K。
她
她眼神破碎。
她眼神有毒。
别回头看我。

3

医院有规定
未经允许,可电疗。
未经允许,不可以吃错药。
未经允许,不可以,观天象。

其实,我想赞美一朵云,像我的呼吸

赵氏,离位。神,出走。妖,唱京剧
白脸。青衣。花旦。
有时,天,下着谷雨。
有时,鬼,夜泣。

镜。她有玻璃脾气,碰一下
哭一声
我 K。吓了我一跳,我看清了月亮的伤势
每天
有缺损。

日。月。镜。三个害人精,
曾普照中国地图,人民公社,乌托邦。
曾普照你们的,第六月,第四日
第 136 号
第十里长街。

赵,有空白的眼睛;
我,有漆黑的忧愁。

四十七　孤单的天鹅

1

秋雨
围着我,低泣,练习妖风。
挖坟。

这鬼天气。我不说出
妖,你腋下轻微的狐臭,类似藏于宫中
少数的几只狐狸。
这是本日第三次

多巴胺。我们多像一对发出异味的病友。

康宁医院。一只妖
多阴,少阳
修炼了一千多年,准备做一名美人
谈一场恋爱。

是聂小倩吗?是白娘子吗?都不像。

另一名美人,模仿一只孤单的天鹅,展臂,转身,舞步细密
介于飞和不飞。
没有雨和不雨。衣和不衣。
约摸十八或十九。

2

来。让我捡起一件逃向雨中的小衣裳。
女子的小衣裳
羞或不羞,躲或不躲。
来,让我默读一遍一只天鹅的病历:

灞桥的水柳,轻轻地扶风,妖呀,
露出
尾巴。康桥的水。脉脉地,东流,作别,
小蝌蚪
我帮你养着。
你想要的花朵,长出了春天,长出了香气,长出了樱桃
你尽管拿去。
没有长出来的
稍等一会儿。
长不出来的,不用你管,我会在一株爱情里
中毒。
自己凋谢。

如果一面玻璃
耳光一样响亮。
会怎么样?
一条小红河
隐在白皙的皮肤下。如果被碎玻璃划破会怎么样?

3

失魂鱼。双瞳。无剪水。

破破的小红河,朱颜。白白颈项。胜雪。
以红来染白,
这多么危险。
只有我一个人认出

她。白天是天鹅。晚上是少女。

每一粒白色的衣扣,都端庄得
与美持平。
几乎让其他任何一种鸟的羽毛
羞愧。

今夜,妖,忽热,忽冷,温差大。
我,难以把握
她的心跳
若有若无。朱压雪,红夹白
我说的,是"割脉"。
不是美。

四十八　妖

1

一块玻璃
与一口池塘一模一样大,一架飞机
与一只蜻蜓一模一样大
在童年的水面上
练习轻功

风波微小。

刺客,在祖国潜伏
十九床,在康宁医院潜伏
一只荷包蛋,在碗底潜伏

小怪兽,放学别跑！小卖部等我！
我们交个朋友吧！请原谅,我。一位年老的妖。
直接邮寄
1 把 + 15 的生锈武士刀
给你。

2

咔嚓,一声响。
纯银的
镰刀。锃亮的
农具。瓷盘,玻璃器皿。祖母的

银首饰。
旧的樟木箱。老的月亮。它们,凉凉的。有毒的光
或一大群散碎的,水银,随波逐流

无人看管

小妖,有一只。亲戚,有六个
都不靠。
求卦。算命。封印。

翠竹路变化无常
妖,惑我心。
魅我目。

3

月亮的银碗,盛满水银。有毒。
妖
月食一次

鱼们尚在幼年,呼吸均匀,嘴唇柔软,不曾伤害过人类
十九床,不曾伤害过人类
她。称流水为姐姐。认小兽为朋友。
喝菊花茶。
吃白米饭。

冒出春天的热气

投水时,随意,哭了一下。

祖国没有在意。六个受伤的神没有在意。
菊
那么年幼。

就像出租屋的厕所里
刚刚生出的小妖
黑眼圈
乌嘴唇。妖气那么浓。眼里,流不出泪水
我可以
替她,

流出一朵蘑菇云

四十九 请勿翻动第五十三页

1

主气。
司呼吸。主行水。朝百脉。主治节。

肺。

每个人分到了
五叶。运送氧气。
运送兰花的话语,运送少年郎的歌谣
至,远远的山梁。

肺里住着春天,春天住着
一只孔雀
飞下松枝。她亮起扇形的裙裾
紫、蓝、褐、黄、红。
分布许多眼睛
好像爱情银行。

2

尘,住在我们的肺里
兄弟呀,你气促、咳嗽、力弱;拿不起一件工具。

一九九三的水银
住进了

一九六〇年的身体
重。
金。
属。

忍忍吧
石棉尘肺
煤工尘肺
石墨尘肺
碳黑尘肺
滑石尘肺
水泥尘肺
云母尘肺
陶工尘肺
铸工尘肺

3

请勿翻动第五十三页

需要咳痰。胸痛。咯血。
需要
坐火车
找医生
问黄连

哦,少年郎,去南方,成老年。
他,不死,也不活。
他,上气,接不住下气。
他,尘肺。老板不承认。

请允许老板,当"代表",令我失声;允许代表的亲戚,当市长
令他幸福
请允许病人,
去郑州大学第一附属医院。令他
宽衣、躺下、在早春的阳光下
开胸。

验肺。
啊,肺里的光阴、阅历、咸腥、"合并感染"。
还可以活
三到四年。

外省、工业、乡愁与疾病的隐喻（后记）

郭金牛

一

我在外省,漂泊了将近二十余年,一直以来,我对外省的印象停留在"他乡"、"工业"、"乡愁"与"疾病隐喻"这些词语之上。

这些并不是我想要的。

我先说两个名词：

暂住证。

收容所。

对于九十年代在广东省一带的打工者来说,这两个名词,在当时,相当"残酷"。它们发生在我漂泊的广东省,发生在我身边的同事、朋友和亲人身上,并且屡次在我身上烙下印痕。

暂住证、收容所对于外来者意味着什么?

不是加班,不是欠薪,不是失业……而是永远的梦魇。你可以不要尊严,但你不能没有暂住证,你可以不要自由,但你不能被抓进收容所。没有经历过那个"收容"的时代,很难理解这两个名词背后隐藏着的巨大伤痛。如果我在诗中表述有多么虚构,那么,在我内心就埋藏有多么深,那"深"处使我隐现的良知羞愧。《纸上还乡》就是我所身处的那个时代,及我所身处的处境"裸体写真"。2003年,暂住证及收容遣送制度终于废止,历史向后退了一步,又向前走了一步。

一切都终将迈向人类文明。

二

过去的永远过去了,或许一切都没有答案,每当异省的风寒吹过,一些文字就会带着风湿般的病痛,不期而至,可能,这就是我无意间的"追问",也许"追问",才能更着力"反思"。二十年,是一个婴儿长成汉子的时间。在我漂泊的广东省,我学会了在雨中奔跑;学会了和一朵桃花恋爱。但我还是一名婴儿。我看到一拨又一拨打工者,他们从湖北省,从四川省,从湖南省,来到广东省,进工厂,爱上女工友,爱得死去活来,最后孤身一人,回到湖南省,四川省和湖北省。

　　工业革命带来的繁荣,这座城市开出了貌似文明的璀璨之花,但是,在繁荣的背后,我有可能忘记这些挣钱挣弯了腰的驼背吗?那些从高楼纵身一跃妄图飞翔于天空的影子吗?那些离家从未归来的少年吗?……记得2013年,一个工厂的半年之中发生了十三次跳楼事件,工厂老板从五台山远道请来了高僧,高僧们为我的跳楼兄弟诵念着《大悲咒》,我愿意相信,这些《大悲咒》为他乡的抑郁寡欢而亡的兄弟送来一座天梯,他们正从这座天梯上秘密地成功脱逃;我也愿意相信,另外一些工友在教堂的夜晚,诵唱着《马太福音》,他们为他乡迷途的姐妹们搬来一座神秘天堂。

　　纸上还乡。他们或她们。

　　这样的时候,我开始胡乱地涂抹着一些所谓诗的文字,尽管我当时的书写有点懵懂,更无担当道义和责任可言,但我知道,我要把所见所闻所思所感记录下来。2012年,我化名"冲动的钻石",将这些类似于诗的文字贴上网上。只想认识几位写诗的朋友,仅此而已。

　　没有人知道我在写诗,这是我一个人的秘密。

　　在异乡遭遇的一切,让我对故乡有了更深刻的理解和向往。我写作的主题只有一个:还乡。在现实中,我们所身处处境,困境,谁又不是在还乡?对于我,离乡背井二十年,故乡只是名义上的家乡,是漂泊经年的游子梦中的一个向往。

　　"还乡"是一种病一样,故乡是一味药。

三

　　我的诗歌,最终形成诗集《纸上还乡》,得之于国际知名的华语诗人杨炼先生的鼓励提携。

　　这纯属偶然。

　　2012年,我在北京文艺网国际华文诗歌奖投稿论坛随意贴了一首诗歌,杨炼先生在我诗歌后面作了认真回贴,他的评点,使我非常激动,这是第一次有诗人对我的诗歌做出评点,毫不讳言,对我个人而言,诗人杨炼的关怀,使我的诗歌书写,得到了来自诗歌外部的力量。此后,我读到他对其他参赛诗人诗作的频频评读,感受到邻家大哥一样的温暖。

　　我一直流连于网上,行走于诗歌的"江湖"。在诗歌的"江湖"上,我认识了青年诗歌评论家秦晓宇、诗人蟋蟀及梦天岚、草树、韦锦、金指尖等诗人,除了秦晓宇老师以外,我至今不知道诗人们的真实姓名,在诗歌书写的途中,我得到他们帮助。以至于我每草就一首诗,都得到他们批评和鼓励,青年诗歌评论家秦晓宇为推出我的诗歌作品所做的努力,超出了我的想象。有一点可以肯定,很大的程度上,诗歌使我获得了外遇:即友情。

　　"诗歌传递时间的温暖。"

　　金迪诗歌奖创办人金迪先生在诗歌奖盛大颁奖现场上挂这样的标语。是的,诗歌力量,留住了历史,传递了温暖。

　　诗歌与温暖并存于这个"江湖"之上。

　　就像我遇到诗人杨炼先生

　　诗人金迪先生

　　诗人周瑟瑟先生

　　……

图书在版编目(CIP)数据

纸上还乡/郭金牛著.
-上海:华东师范大学出版社,2014.8
ISBN 978-7-5675-1920-6

Ⅰ.①纸… Ⅱ.①郭… Ⅲ.①诗集—中国—当代 Ⅳ.①I227

中国版本图书馆 CIP 数据核字(2014)第 051844 号

华东师范大学出版社六点分社
企划人 倪为国

纸上还乡:郭金牛诗集

著　　者　郭金牛
策划编辑　王　焰
责任编辑　古　冈
封面设计　蒋　浩

出版发行　华东师范大学出版社
社　　址　上海市中山北路 3663 号　邮编　200062
网　　址　www.ecnupress.com.cn
电　　话　021-60821666　行政传真　021-62572105
客服电话　021-62865537
门市(邮购)电话　021-62869887
地　　址　上海市中山北路 3663 号华东师范大学校内先锋路口
网　　店　http://hdsdcbs.tmall.com

印 刷 者　上海景条印刷有限公司
开　　本　889×1194　1/32
插　　页　1
印　　张　3.5
字　　数　70 千字
版　　次　2014 年 8 月第 1 版
印　　次　2014 年 10 月第 2 次
书　　号　ISBN 978-7-5675-1920-6/I·1150
定　　价　24.80 元

出 版 人　王　焰

(如发现本版图书有印订质量问题,请寄回本社客服中心调换或电话 021-62865537 联系)